文・圖　工藤紀子

　一九七〇年生於日本橫濱市，女子美術短期大學畢業。現為繪本作家、漫畫家。著有《小雞逛超市》、《小雞逛遊樂園》、《小雞過耶誕節》、《小雞去露營》、《海盜船》（小魯文化出版）。

譯　劉握瑜

　加拿大維多利亞大學語言學系畢業。最喜歡說故事給貓咪聽，再抱著牠一起睡個香甜的午覺。譯有《小雞逛遊樂園》、《小雞過耶誕節》、《恐龍王國冒險迷宮》等書。

小魯寶寶書 61　小雞過生日　　　　　　　　　　　　　　　　　　　　　　文・圖　工藤紀子　譯　劉握瑜

發行人／陳衛平　　　　執行長／沙永玲　　　　出版者／小魯文化事業股份有限公司　　　　地址／106 臺北市安居街六號十二樓
電話／(02)27320708　　傳真／(02)27327455　　E-mail／service@tienwei.com.tw　　　　網址／www.tienwei.com.tw
Facebook粉絲團／小魯粉絲俱樂部　　　　　　　　　　　　　　　總編輯／陳雨嵐　　　　文字責編／劉握瑜　　　美術責編／李榮淇
郵政劃撥／18696791帳號　　　　出版登記證／局版北市業字第543號　　初版／西元2012年12月　　　初版十六刷／西元2015年8月
定價／新臺幣260元　　　　ISBN：978-986-211-348-6　　　　　　　　　　　　　　　　　版權及著作權所有・翻印必究

※ 本書內容使用之貨幣別為日圓（￥）

小雞過生日

文·圖 工藤紀子　譯 劉握瑜

您ㄋㄧㄣ好ㄏㄠ。

朵朵
西點蛋糕店

好ㄏㄠ香ㄒㄧㄤ喔ㄛ！

歡迎光臨。

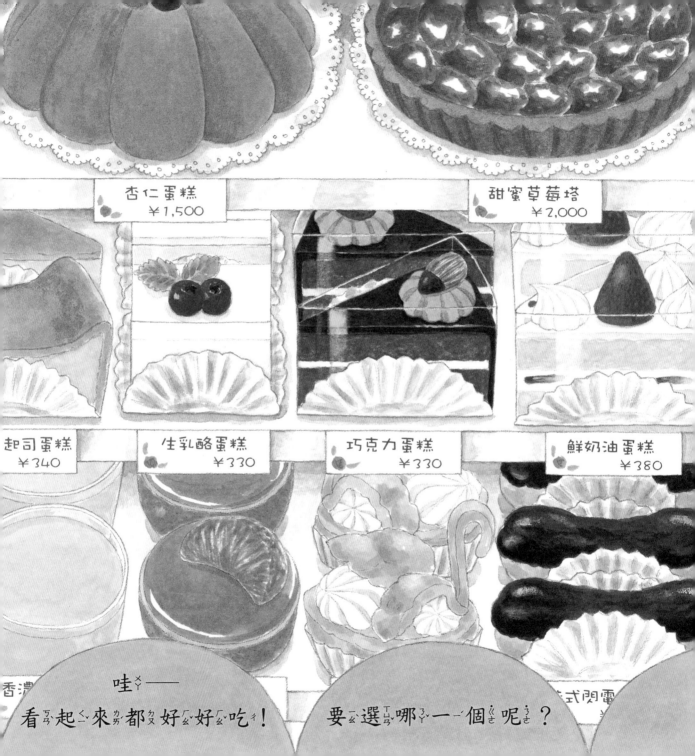

蘋果派
￥1,800

香蕉巧克力塔
￥1,800

香甜櫻桃塔
￥350

蒙布朗
￥370

繽紛水果塔
￥380

鳳梨蛋糕
￥

油泡芙
250

巧克力慕
￥

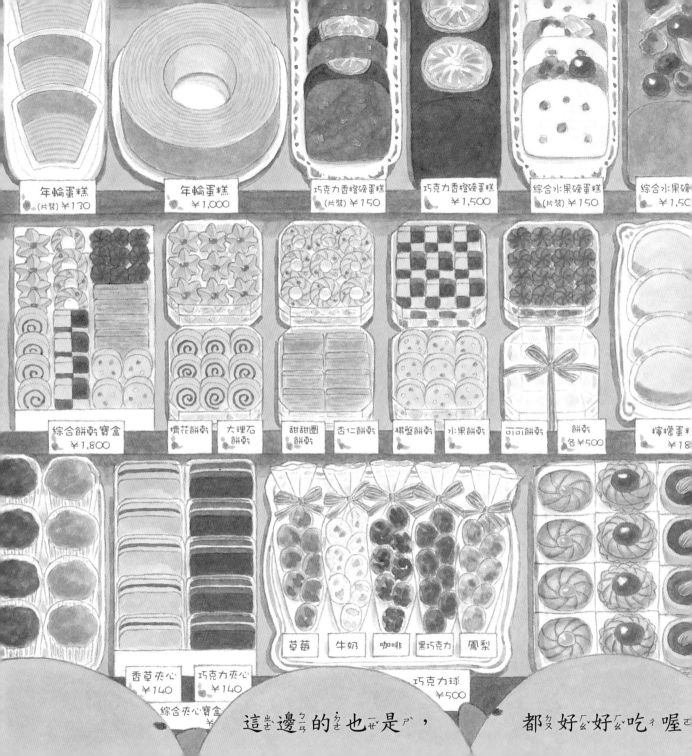

年輪蛋糕
(片裝) ¥130

年輪蛋糕
¥1,000

巧克力香橙磅蛋糕
(片裝) ¥150

巧克力香橙磅蛋糕
¥1,500

綜合水果磅蛋糕
(片裝) ¥150

綜合水果磅
¥1,50

綜合餅乾寶盒
¥1,800

櫻花餅乾

大理石
餅乾

甜甜圈
餅乾

杏仁餅乾

棋盤餅乾

水果餅乾

可可餅乾

餅乾
各 ¥500

檸檬蛋
¥18

香草夾心
¥140

巧克力夾心
¥140

草莓　牛奶　咖啡　黑巧克力　鳳梨

巧克力球
¥500

綜合夾心寶盒

這邊的也是，　　都好好吃喔

這是您所購買的的商品。

訂單
生日蛋糕
雞太太

訂單
冰淇淋蛋糕
企鵝小姐

訂單
蘋果派
猩猩先生

唉一！

我們想要自己選啦……
明明就是布丁比較好啊……
嘰嘰，真討厭！

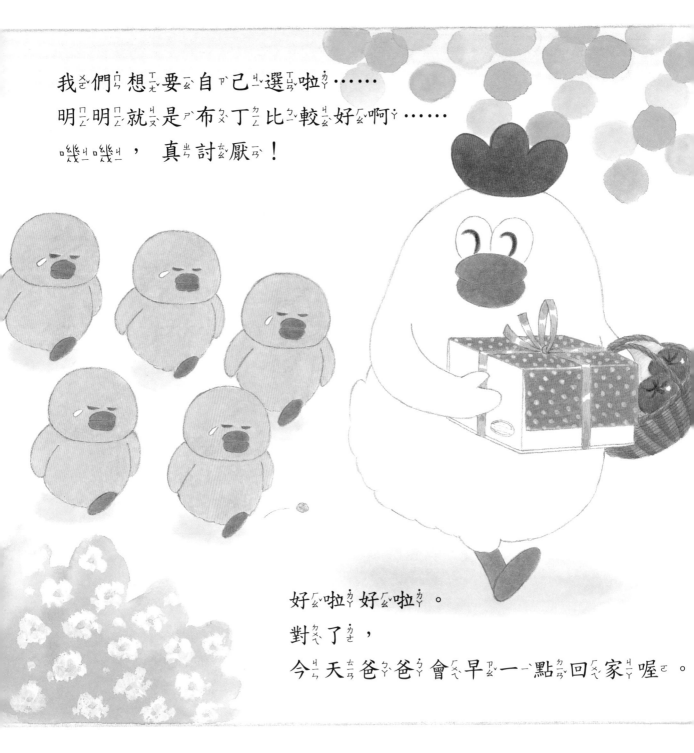

好啦好啦。
對了，
今天爸爸會早一點回家喔。

我ㄨㄛˇ今ㄐㄧㄣ天ㄊㄧㄢ得ㄉㄟˇ
趕ㄍㄢˇ快ㄎㄨㄞˋ回ㄏㄨㄟˊ家ㄐㄧㄚ才ㄘㄞˊ行ㄒㄧㄥˊ。

歡迎光臨。

兔子愛餅乾　兔子愛廚房

公主梳妝組　小兔兔的

一起來做甜甜圈　一起來做冰淇淋

裡面有這些　流行裝扮組

閃亮亮

小兔兔　小綿羊　雙胞胎小松鼠　小貓咪

這裡玩具真多啊！

模型車

極速

迷你汽車塔

花花百貨

保齡球組合

保齡球組合

我之前訂購的商品……

是ㄕ的ㄉㄜ， 已ㄧˇ經ㄐㄧㄥ幫ㄅㄤ您ㄋㄧㄣ準ㄓㄨㄣ備ㄅㄟ好ㄏㄠˇ了ㄌㄜ。

我ㄛˇ回ㄏㄨㄟˊ來ㄌㄞˊ了ㄌㄜˋ。

歡ㄏㄨㄢ迎ㄧㄥˊ回ㄏㄨㄟˊ家ㄐㄧㄚ！ 爸ㄅㄚˋ爸ㄅㄚ回ㄏㄨㄟˊ來ㄌㄞˊ囉ㄌㄨㄛ！

那麼，我們開始吧。
把房間的燈關掉……

祝你生日快樂，
祝你生日快樂，

生日快樂
HAPPY BIRTHDAY

祝親愛的小雞們生日快樂……

祝ㄓㄨˋ你ㄋㄧˇ生ㄕㄥ日ㄖˋ快ㄎㄨㄞˋ樂ㄌㄜˋ。

預ㄩˋ備ㄅㄟˋ

呼ㄏㄨ——

生ㄕㄥ日ㄖˋ快ㄎㄨㄞˋ樂ㄌㄜˋ！
這ㄓㄜˋ是ㄕˋ媽ㄇㄚ媽ㄇㄚ特ㄊㄜˋ製ㄓˋ的ㄉㄜ
巨ㄐㄩˋ無ㄨˊ霸ㄅㄚˋ手ㄕㄡˇ工ㄍㄨㄥ布ㄅㄨˋ丁ㄉㄧㄥ喔ㄛ！

玩具

哇ㄚˋ！ 是ㄕˋ巨ㄐㄩˋ無ㄨˊ霸ㄅㄚˋ布ㄅㄨˋ丁ㄉㄧㄥ，萬ㄨㄢˋ歲ㄙㄨㄟˋ！

生日快樂！
這是生日禮物，
快打開看看。

哇ㄨㄚ，是ㄕ望ㄨㄤ遠ㄩㄢ鏡ㄐㄧㄥ！

天文望遠鏡

40倍

80倍

兒童專用

試著觀察各種星星吧！

本包裝內含

星座盤

附指北針

星座盤

一目了然！

天文望遠鏡

鏡筒

角架

目鏡

星座盤

星座盤

指北針

謝謝爸爸，謝謝媽媽。

我ㄨㄛˇ們ㄇㄣ˙會ㄏㄨㄟˋ努ㄋㄨˇ力ㄌㄧˋ快ㄎㄨㄞˋ快ㄎㄨㄞˋ長ㄓㄤˇ大ㄉㄚˋ的ㄉㄜ˙。

你們要
健康的長大喔。

小雞媽媽特製布丁食譜

所需器具
- 攪拌鍋
- 小鍋子
- 大碗
- 大盤子
- 湯匙
- 濾網
- 打蛋器

布丁材料
- 全蛋 1 顆
  （太小的蛋要 2 顆）
- 蛋黃 2 顆
- 牛奶　400ml
- 砂糖　45g
- 香草精或香草粉（可省略）

焦糖材料
- 砂糖　40g
- 熱水 15ml

其他材料
- 無鹽奶油 少許
- 喜歡的水果（裝飾用）

1.

將無鹽奶油確實的均勻抹在大碗內側。

2.

※沸騰的糖漿容易飛濺，請注意安全。

開最小火將 40g 砂糖煮化，變成茶色後立刻關火，加入熱水15ml攪拌，倒入大碗備用。

3.

在小鍋子中加入 45g 砂糖和 400ml 牛奶，以小火加熱，用湯匙攪拌讓砂糖溶化後立刻關火。

4.

將1顆全蛋和2顆蛋黃放入攪拌鍋中，用打蛋器以畫圓圈的方式將蛋打散。

5.

等步驟 3 的熱牛奶溫度降到室溫後，慢慢加入打散的蛋液，用打蛋器輕柔的拌勻。

6.

以畫圓的方式將牛奶蛋液用濾網過濾，去除結塊的蛋白。重覆此步驟兩次，此時可加入數滴香草精。

7.

把牛奶蛋液倒入裝有焦糖的大碗中，盡量不要讓焦糖和蛋液混在一起。

8.

把大碗放進有加底架的電鍋，外鍋加 1.5 杯水，鍋蓋留一點縫隙讓過多的水蒸氣散出來，蒸20分鐘。

9.

電鍋跳起後可用竹籤插入布丁中間測試，若沒有沾黏就是熟了。放涼後倒扣在大盤子上，擺上喜歡的水果，小雞媽媽特製的手工布丁就完成啦！